# Oedipe

FichesdeLecture.com

# *Oedipe*
# (Fiche de lecture)

## I. BIOGRAPHIE

Sophocle naît à Colonne, petite ville à côté d'Athènes, en 496 av. J.-C. et recevra l'éducation habituelle pour les familles aisées. En 468 il gagne son premier prix de tragédie à Athènes contre son aîné Eschyle. Il en gagnera vingt ! Avant d'être lui-même détrôné par Euripide en 441. Sophocle a exercé des fonctions militaires dans la cité, mais jamais politique. Celle-ci ne l'attire pas plus que cela même si ses écrits ne peuvent éviter d'y toucher. Les discussions entre Créon et Antigone posent la question des droits fondamentaux des êtres humains, mais posent également le problème du pouvoir, de la force de la loi et des droits à s'y opposer.

Sophocle, comme Eschyle, aurait écrit plus de cent vingt tragédies. Mais, est-ce le hasard qui fait que nous n'en possédons que sept, exactement le même nombre que pour Eschyle ?... Alors que pour Euripide qui en aurait écrit quatre-vingt-douze il nous en reste dix-huit.

Ses tragédies les plus célèbres touchent aux Atrides avec « Electre » et surtout à Thèbes avec « Antigone », « Œdipe roi » et « Œdipe à Colonne »

Sophocle atteindra l'âge plus que respectable, surtout pour l'époque, de quatre-vingt-dix ans et mourra en 406.

## II. RÉSUMÉ

Le peuple de Thèbes est affamé, car une peste ravage les troupeaux de moutons. Il se tourne vers Œdipe dont il attend une solution. N'est-il pas l'homme a qui tout à toujours réussi ?

Il répond qu'il a déjà envoyé son beau-frère, Créon, frère de la Reine Jocaste, à Pythô pour y consulter le dieu Phoebos (Apollon) Il ajoute que dès qu'il aura une réponse il lui appartiendra d'agir en fonction de celle-ci à défaut d'être criminel. Voilà d'emblée des paroles qui pèseront lourd !... Créon arrive et transmet son message, il est clair : il appartient à la ville de punir le meurtrier du roi Laïos. Le dieu veut que ce crime soit puni par le sang faute de quoi les pires malheurs continueront de s'abattre sur la ville. Mais qui était le meurtrier de Laïos, personne ne le sait... Et la mort de celui-ci date de plusieurs années déjà ! Mais l'oracle a aussi dit à Créon que ce meurtrier est toujours bien dans la ville et qu'il suffit de le chercher.

Œdipe promet de tout faire et de vaincre ou de mourir. Et le chœur d'invoquer tous les dieux pour qu'ils les aident. Mais un homme a peut-être la solution, c'est le devin Tirésias. Il est donc présenté au roi et dit : « Hélas ! Hélas ! Qu'il est terrible de savoir, quand le savoir ne sert de rien à celui qui le possède ! » Il refuse de parler et ne le fera que quand Œdipe l'accusera lui du meurtre. Alors, il dit que le meurtrier c'est lui, lui Œdipe ! Mais Oedipe ne peut pas le croire, aussi accuse-t-il Créon d'avoir soudoyé ce vieux devin aveugle afin de lui ravir le pouvoir. Mais l'autre de lui dire que Créon n'est pour rien dans cette affaire, mais que c'est lui, Œdipe, qui est aveugle : « Tu ne te doutes pas que tu es en horreur aux tiens, dans l'enfer comme sur la terre. » et d'ajouter un peu plus loin ces paroles terribles : « C'est ton succès pourtant qui justement te perd. » Et Tirésias de lui révéler ce que sera le destin du meurtrier de Laïos. Il découvrira qui il est vraiment et, à son tour, deviendra aveugle, perdra tout ce qu'il a et errera par les chemins. S'ensuit une longue discussion entre Œdipe et Créon. Le premier accuse le second d'être un félon. Mais Créon va nous révéler sa philosophie de la vie et, par là même, donner une leçon à Œdipe. Il dit que puisqu'il est le frère de la reine et le beau-frère du roi, il profite du pouvoir sans en avoir les mauvais côtés et qu'il serait bien idiot d'en vouloir plus. « Aujourd'hui j'obtiens tout de toi, sans le payer d'aucune crainte : si je régnais moi-même, que de choses je devrais faire malgré moi ! » Voilà un homme qui ne veut pas se hausser davantage, qui se contente de ce qu'il a : un sage. Arrive maintenant une question importante quant au devoir d'obéissance :

« Œdipe : N'importe ! Obéis à ton roi.

Créon : Pas à un mauvais roi. »

Antigone, bien plus tard, ne lui parlera pas autrement ! Entre mainte-nant en scène la reine Jocaste. Elle veut calmer Œdipe et lui montrer qu'il ne pourrait pas être l'assassin, mais elle arrivera au résultat contraire ! En dévoilant la prophétie d'Apollon qui avait dit que Laïos serait tué par son fils, et donc aussi celui de Jocaste, que ce fils avait été tué trois jours après sa naissance afin que la prédiction ne se réalise pas, et enfin qu'il était mort sous les coups d'un jeune homme au croisement de deux chemins, Jocaste fait remonter de terribles souvenirs en Œdipe. Il apprend en outre qu'un seul serviteur du roi survécut à l'époque à cette attaque et vit l'assassin. Œdipe se souvient aussi qu'Apollon lui avait prédit le pire des destins alors qu'il l'avait consulté jeune. Il allait tuer son père, épouser sa mère et faire des enfants avec elle !... Il était fils du roi et de la reine de Corinthe. Il a donc fui cette ville pour que cette prédiction ne se réalise pas et a pris la route. Il était au croisement des chemins et comprend qui était l'homme qu'il a tué. Jocaste ne le croit pas et lui rappelle que l'enfant a été tué et que les assassins étaient un groupe de brigands et non pas un homme seul ! Œdipe exige qu'on lui retrouve cet esclave qui a tout vu. Lui seul pourra l'apaiser par ses dires. Mais voilà qu'entre un Corinthien qui lui annonce la mort, de vieillesse, de son père, le roi de Corinthe. Œdipe est fou de joie puisque la prédiction d'Apollon ne peut plus se réaliser ! Mais le même Corinthien va lui révéler qu'il n'était pas le fils du roi de Corinthe, mais un enfant que lui-même avait reçu d'un berger et donné au roi dont la femme ne pouvait en avoir... Œdipe fait donc chercher ce berger. Encore serait-il fils et petit-fils d'esclaves, dit-il, cela ne changerait rien pour lui ! « Je me tiens pour fils de la Fortune, Fortune la Généreuse, et n'en éprouve pas honte. » Le serviteur arrive et est bien forcé de reconnaître qu'il a reçu l'enfant des mains de Jocaste, qu'il était bien le fils de Laïos, et qu'il n'a pas eu le courage de le tuer. Il l'a bien donné au Corinthien qui est là face à lui... Tout s'éclaire donc !... Jocaste va se pendre dans ses appartements et Œdipe va se crever les yeux et sera conduit hors des territoires de Thèbes.

Et Sophocle termine sa pièce par ces paroles : « Gardons-nous d'appeler jamais un homme heureux avant qu'il n'ait franchi le terme de sa vie sans avoir subi un chagrin. »

## III. LES IDÉES

Il y a tout d'abord la notion de destin. Nous voyons Apollon condamner des parents à faire tuer leur enfant au nom d'une prédiction. Pourquoi ce terrible destin sur la tête d'Œdipe ? Qu'avait fait son père pour mériter ce qui lui est arrivé ? Et Oedipe a beau tenter d'y échapper, rien n'y fait !... Il tourne en rond et le destin fera le reste. Sophocle nous montre que les dieux sont tout puissants et qu'il ne sert à rien de vouloir lutter contre eux.

Il y a aussi la notion de démesure. Oui Œdipe est intelligent, oui il est riche, a de beaux enfants, une belle et intelligente femme, oui il est devenu roi de Thèbes suite à une bagarre comme il devait y en avoir beaucoup à l'époque et enfin il a su répondre au Sphinx. C'est beaucoup de bonheur pour un seul homme, mais s'il n'y avait pas eu la prédiction, il serait resté à Corinthe où il serait aussi devenu roi... Indiscutablement il a été manipulé par Apollon pour que la prédiction soit accomplie.

C'est vrai que tant de dons donnent trop de confiance à celui qui les a. On dit que la démesure pousse à la tyrannie, est dangereuse pour la démocratie. Napoléon en est un exemple : une gigantesque réussite, trop de dons, une tyrannie suivie d'une chute. Cela semble donc vrai. Mais il n'a pas été manipulé, lui !... C'est lui seul qu'il avait contre lui et non un dieu. Non, Œdipe a un rôle à jouer, selon les dieux, et cela se passera ainsi ! Le temps ne fera rien à l'affaire, le temps des dieux n'est pas celui des hommes et il a beau s'être passé des dizaines d'années, Œdipe n'échappera pas à la prédiction.

Un autre élément que souligne Sophocle est la toute-puissance de l'oracle. En effet, c'est lui qui constitue le seul moyen de dialogue entre les dieux et les hommes.

Il y a aussi la notion d'instabilité des droits humains. Rien n'est jamais acquis, à tout moment une vie peut basculer. Jocaste déclare à Œdipe : « Et qu'aurait donc à craindre un mortel, jouet du destin, qui ne peut rien prévoir de sûr ? Vivre au hasard, comme on le peut, c'est de beaucoup le mieux encore. »

Mais il est aussi intéressant de noter que la tragédie est d'autant plus réussie que l'homme tombe de haut et que les crimes qu'il a commis sont grands : parricide, coucher avec sa mère, lui faire des enfants, devenir tyran, tout est rassemblé ici.

# IV. LE STYLE

À nouveau, il est celui de la tragédie, forcément. La rage, l'affolement, l'effondrement, la révolte sont les sentiments qui dominent dans une telle tragédie. Le style en est donc le reflet et il variera suivant ce qui s'exprime tout en gardant toujours de la hauteur. Le seul moment où Œdipe devient pitoyable, Créon le rabroue de suite et lui enjoint de se reprendre. Au moment de se séparer de ses filles, il pleure et Créon lui dit d'un ton sec « Tu as assez pleuré, rentre dans la maison. »

Ce qui est plus agréable chez Sophocle par rapport à Eschyle, c'est que le nombre des personnages à intervenir est plus important. Il y a Œdipe, Tirésias, Jocaste, le corinthien, le berger, Créon. Et tous ces dialogues différents donnent davantage de vie à l'ensemble.

# Dans la même collection en numérique



*Les Misérables*

*Le messager d'Athènes*

*Candide*

*L'Etranger*

*Rhinocéros*

*Antigone*

*Le père Goriot*

*La Peste*

*Balzac et la petite tailleuse chinoise*

*Le Roi Arthur*

*L'Avare*

*Pierre et Jean*

*L'Homme qui a séduit le soleil*

*Alcools*

*L'Affaire Caïus*

*La gloire de mon père*

*L'Ordinatueur*

*Le médecin malgré lui*

*La rivière à l'envers - Tomek*

*Le Journal d'Anne Frank*

*Le monde perdu*

*Le royaume de Kensuké*

*Un Sac De Billes*

*Baby-sitter blues*

*Le fantôme de maître Guillemin*

*Trois contes*

*Kamo, l'agence Babel*

*Le Garçon en pyjama rayé*

*Les Contemplations*

*Escadrille 80*

*Inconnu à cette adresse*

*La controverse de Valladolid*

*Les Vilains petits canards*

*Une partie de campagne*

*Cahier d'un retour au pays natal*

*Dora Bruder*

*L'Enfant et la rivière*

*Moderato Cantabile*

*Alice au pays des merveilles*

*Le faucon déniché*

*Une vie*

*Chronique des Indiens Guayaki*

*Je voudrais que quelqu'un m'attende quelque part*

*La nuit de Valognes*

*Œdipe*

*Disparition Programmée*

*Education européenne*

*L'auberge rouge*

*L'Illiade*

*Le voyage de Monsieur Perrichon*

*Lucrèce Borgia*

*Paul et Virginie*

*Ursule Mirouët*

*Discours sur les fondements de l'inégalité*

*L'adversaire*

*La petite Fadette*

*La prochaine fois*

*Le blé en herbe*

*Le Mystère de la Chambre Jaune*

*Les Hauts des Hurlevent*

*Les perses*

*Mondo et autres histoires*

*Vingt mille lieues sous les mers*

*99 francs*

*Arria Marcella*

*Chante Luna*

*Emile, ou de l'éducation*
*Histoires extraordinaires*
*L'homme invisible*
*La bibliothécaire*
*La cicatrice*
*La croix des pauvres*
*La fille du capitaine*
*Le Crime de l'Orient-Express*
*Le Faucon malté*
*Le hussard sur le toit*
*Le Livre dont vous êtes la victime*
*Les cinq écus de Bretagne*
*No pasarán, le jeu*
*Quand j'avais cinq ans je m'ai tué*
*Si tu veux être mon amie*
*Tristan et Iseult*
*Une bouteille dans la mer de Gaza*
*Cent ans de solitude*
*Contes à l'envers*
*Contes et nouvelles en vers*
*Dalva*
*Jean de Florette*
*L'homme qui voulait être heureux*
*L'île mystérieuse*
*La Dame aux camélias*
*La petite sirène*
*La planète des singes*
*La Religieuse*

# À propos de la collection

La série FichesdeLecture.com offre des contenus éducatifs aux étudiants et aux professeurs tels que : des résumés, des analyses littéraires, des questionnaires et des commentaires sur la littérature moderne et classique. Nos documents sont prévus comme des compléments à la lecture des oeuvres originales et aide les étudiants à comprendre la littérature.

Fondé en 2001, notre site FichesdeLectures.com s'est développé très rapidement et propose désormais plus de 2500 documents directement téléchargeables en ligne, devenant ainsi le premier site d'analyses littéraires en ligne de langue française.

FichesdeLecture est partenaire du Ministère de l'Education du Luxembourg depuis 2009.

Plus d'informations sur www.fichesdelecture.com